AF370229

CONDITIONS DE LA VENTE

La vente se fait au comptant.

Les acquéreurs payeront 5 0/0 en sus des enchères applicables aux frais.

Les livres devront être collationnés sur place dans les vingt-quatre heures de l'adjudication.

Passé ce délai, ou une fois sortis de la salle de vente, ils ne seront repris pour aucune cause.

M. Fontaine, chargé de la vente, remplira les commissions des personnes qui ne pourraient y assister.

M. Fontaine se réserve la faculté de réunir et de vendre en un seul lot tels articles du catalogue qu'il jugera utile à l'intérêt de la vente.

CATALOGUE

DE LIVRES

PROVENANT DE LA

Bibliothèque de M. le marquis V... de U...

DONT LA VENTE AURA LIEU

LE SAMEDI 10 AVRIL 1886

Rue des Bons-Enfants, 28 (maison Silvestre, salle n° 2,

A 8 HEURES PRÉCISES DU SOIR.

Par le ministère de M° MAURICE DELESTRE,
commissaire-priseur, rue Drouot, 27,

Assisté de M. FONTAINE, libraire, 35, passage des Panoramas.

PARIS

PAUL FONTAINE, LIBRAIRE

35, PASSAGE DES PANORAMAS, 35

1886

CATALOGUE

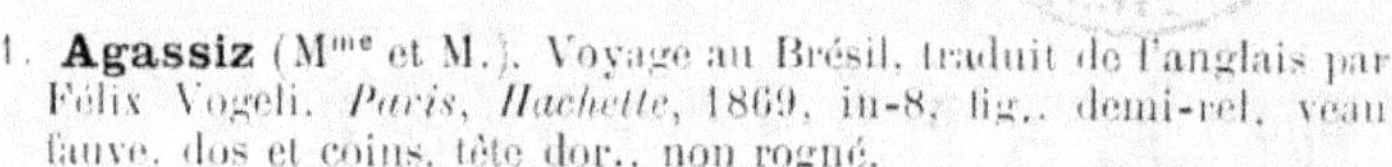

1. **Agassiz** (Mme et M.). Voyage au Brésil, traduit de l'anglais par Félix Vogeli. *Paris, Hachette*, 1869, in-8, fig., demi-rel. veau fauve, dos et coins, tête dor., non rogné.

2. **Alletz**. Dictionnaire des conciles, suivi d'une collection des canons les plus remarquables. *Paris, Gaume*, 1850, in-8, demi-rel. mar. rouge, dos et coins, tête dor., non rogné.

3. **Alq** (Mme Louise d'). OEuvres. 11 tomes en 9 vol. in-12, cart. toile, tr. dor.
   Le savoir vivre. — Les secrets du cabinet de toilette. — La science du monde. — La science de la vie. — Le maître et la maîtresse de la maison. — Les ouvrages de main en famille. — Fortune et ruine, 2 tomes en 1 vol. — L'héritière de Santa-Fé, 2 tomes en 1 vol.

4. **Annales** catholiques, revue religieuse hebdomadaire de la France et de l'Eglise, publiées par J. Chantrel. *Paris, Putois-Cretté*, 1872-1883, 16 vol. in-8, demi-rel. veau fauve, tr. peigne.
   Manque le 2e et le 3e trimestre de 1873.
   L'année 1883 est brochée.

5. **Annuaire** encyclopédique, publié par les directeurs de l'Encyclopédie du xixe siècle. *Paris*, 1860-1863, 4 vol. in-8, demi-rel. veau fauve, tr. peigne.

6. **Aubineau** (Léon). Les Serviteurs de Dieu au xixe siècle. *Paris, V. Palmé*, 1875, in-8, fig., demi-rel. veau fauve, dos et coins, tête dor., non rogné.

7. **Auerbach** (Berthold). La Fille aux pieds nus, nouvelle traduite de l'allemand, par J. Gourdault. *Paris, Hachette*, 1875, in-4, fig., cart. toile, tr. dor.

8. **Augustin** (Saint), évêque d'Hippone. Les Confessions. — La Cité de Dieu, 4 vol. *Paris, Charpentier*, 1855, 5 vol. in-12, demi-rel. chag. rouge, dos et coins, têtes dor., non rognés.

9. **Bailleul** (Le). Les Chasseurs d'ivoire. *Paris. Lefèvre, s. d.*, in-8, fig., demi-rel. veau fauve, dos et coins, tête dor., non rogné.

10. **Baker** (sir Samuel White). Ismaïlïa, récit d'une expédition dans l'Afrique centrale, pour l'abolition de la traite des noirs, traduit de l'anglais par Hipp. Vattemare, *Paris, Hachette*, 1875, in-8, fig., demi-rel. veau fauve, dos et coins, tête dor., non rogné.

11. **Barbou** (Alfred). Le Chien, son histoire, ses exploits, ses aventures. *Paris, Furne.* 1883. in-8, fig., cart. toile, tr. dor.

12. **Baude** (Louis). Cahiers d'une élève de Saint-Denis; cours d'études complet et gradué. *Paris, Paulin.* 1856, 15 vol. in-12, demi-rel. chag. rouge.

13. **Baudry** (Paul). Peintures décoratives du grand foyer de l'Opéra : notice biographique et description, par E. About. *Paris, Goupil,* 1876, in-fol., fig., demi-rel. mar. rouge, dos et coins, non rogné. 33 figures.

14. **Beauvoir** (Le comte de). Voyage autour du monde : Australie. Java. Siam. Canton. Pékin, Yeddo, San-Francisco. *Paris, Plon.* 1875. gr. in-8, fig., demi-rel. veau fauve, dos et coins, tête dor., non rogné.

15. **Becquerel** (A.). Traité élémentaire d'hygiène privée et publique. *Paris, Asselin*, 1873. in-12, cart. toile.

16. **Belèze** (G.). Dictionnaire universel de la vie pratique, à la ville et à la campagne. *Paris. Hachette.* 1862, in-8, demi-rel. veau fauve, tr. peigne.

17. **Belloc** (Mme Louise Sw.). La Tirelire aux histoires, lectures choisies. *Paris, Garnier*, 1870, in-8, demi-rel. veau fauve, dos et coins, tête dor., non rogné.

18. **Bellot** (J.-R.). Voyage aux mers polaires, à la recherche de sir John Franklin. *Paris, Garnier.* 1880, in-8, fig., demi-rel. veau fauve, dos et coins, tête dor., non rogné.

19. **Bertall.** La Vie hors de chez soi, comédie de notre temps, l'hiver, le printemps, l'été, l'automne, études au crayon et à la plume. *Paris, Plon,* 1876, gr. in-8, fig., demi-rel. veau fauve, dos et coins, tête dor., non rogné.

20. **Bertall.** Les Contes de ma mère. *Paris. Plon,* 1877, in-8, fig., demi-rel. veau fauve, dos et coins, tête dor., non rogné.

21. **Berthoud** (S. Henry). Les Féeries de la science. *Paris, Garnier, s. d.,* in-8, fig., demi-rel. veau fauve, dos et coins, tête dor., non rogné.

22. **Biart** (Lucien). Aventures d'un jeune naturaliste, illustré par Léon Benett. *Paris, Hetzel, s. d.*, gr. in-8. demi-rel. veau fauve, dos et coins, tête dor., non rogné.

23. **Bible** (La Sainte), selon la Vulgate, traduite en français, avec des notes, par l'abbé J.-B. Glaire. *Paris, Jouby*, 1873, 4 vol. in-18, front. et fig. en couleurs, demi-rel. mar. violet, tr. dor.

24. **Bible** (La Sainte), traduite en français par Lemaistre de Sacy, nouvelle édition revue par M. l'abbé Jacquet. *Paris, Garnier*, 1875, gr. in-8, fig., demi-rel. mar. brun, tr. dor.

25. **Biblia** (La) vulgata latina traducida al español y anotada conforme al sentido de los Santos Padres y expositores catolicos por Don Felipe Scio de San Miguel. *Paris, Rosa y Bouret*, 1861, 5 vol. gr. in-8, fig., demi-rel. mar. brun, dos et coins, tête dor., non rognés.

26. **Blanchard** (Emile). Métamorphoses, mœurs et instincts des insectes (insectes myriapodes, arachnides, crustacés). *Paris, Germer-Baillière*, 1868, gr. in-8, fig., demi-rel. veau fauve, dos et coins, tête dor., non rogné.

27. **Boitard**. Paris avant les hommes, l'homme fossile, histoire naturelle du globe terrestre. *Paris, Passard*, 1861, in-8, fig., demi-rel., veau fauve, tr. peigne.

28. **Bollandistes** (Les petits). Vie des saints de l'ancien et du nouveau Testament, d'après le père Giry. *Paris, Bloud et Barral*, 1878, 17 vol. in-8, demi-rel. mar. vert, dos et coins, têtes dor., non rognés.

29. **Boscowitz** (Arnold). Les volcans et les tremblements de terre. *Paris, Ducrocq, s. d.*, gr. in-8, fig. noires et en couleurs, demi-rel. veau fauve, dos et coins, tête dor., non rogné.

30. **Bossu** (Antonin). Anthropologie, étude des organes, fonctions, maladies de l'homme et de la femme. *Paris, Bloud*, 1882, 3 vol. et atlas de planches en couleurs, in-8, fig., demi-rel. mar. vert, tr. peigne.

31. **Bouillet** (M.-N.). Dictionnaire universel des sciences, des lettres et des arts. *Paris, Hachette*, 1862, in-8, demi-rel. veau fauve, tr. peigne.

32. **Bourassé** (M. l'abbé J.-J.). Résidences royales et impériales de France, histoires et monuments. *Tours, A. Mame*, 1864, gr. in-8, fig., demi-rel. veau fauve, dos et coins, tête dor., non rogné.

33. **Bourassé** (L'abbé J.-J.). La Terre Sainte, voyage dans l'Arabie Pétrée, la Judée, la Samarie, la Galilée et la Syrie. *Tours, A. Mame*, 1867, in-8, fig., demi-rel. veau fauve, dos et coins, tête dor., non rogné.

34. **Bouyer** (Frédéric). La Guyanne française, notes et souvenirs d'un voyage exécuté en 1862-1863. *Paris, Hachette*, 1867, in-4, fig., demi-rel. veau fauve, dos et coins, tête dor., non rogné.

35. **Burton** (Le capitaine). Voyage aux grands lacs de l'Afrique orientale, traduit de l'anglais par Mme H. Loreau. *Paris, Hachette*, 1862, in-8, fig., demi-rel. veau fauve, dos et coins, tête dor., non rogné.

36. **Burty** (Philippe). Chefs-d'œuvre des arts industriels, céramique, verrerie et vitraux, émaux, métaux, orfèvrerie et bijouterie, tapisserie. *Paris, Ducrocq, s. d.*, gr. in-8, demi-rel. veau fauve, dos et coins, tête dor., non rogné.

37. **Bury-Palisser** (Mme). Histoire de la dentelle, traduit par Mme la comtesse G. de Clermont-Tonnerre. *Paris, Firmin-Didot, s. d.*, in-8, fig., demi-rel. veau fauve, dos et coins, tête dor., non rogné.

38. **Butler et Godescard.** La Vie des Saints. *Lille, Lefort, s. d.*, 6 vol. gr. in-8, fig., demi-rel. chag. violet, tr. peigne.

39. **Cahun** (Léon). La Bannière bleue, aventures d'un musulman, d'un chrétien et d'un païen à l'époque des croisades et de la conquête mongole. *Paris, Hachette*, 1877, gr. in-8, fig., demi-rel. veau fauve, dos et coins, tête dor., non rogné.

40. **Calderon de la Barca** (Dr Pedro). Comedias contejadas con las majores ediciones hasta ahora publicadas corregidas y dadas a luz por Juan Jorge Keil. *Leipsique, Fleischer*, 1827, 4 vol. gr. in-8, portr., demi-rel. veau fauve.

41. **Capmany y de Montpalau** (D. Antonio). Theatro historico critico de la eloquencia española. *Madrid, Antonio de Sancha*, 1786, 5 vol. in-8, bas.

42. **Chaillu** (Paul du). L'Afrique sauvage, nouvelles excursions au pays des Ashangos. *Paris, Michel Lévy*, 1868, gr. in-8, fig., demi-rel. veau fauve, dos et coins, tête dor., non rogné.

43. **Christian** (P.). Histoire de la magie, du monde surnaturel et de la fatalité à travers les temps et les peuples. *Paris Furne, s. d.*, in-8, fig., demi-rel. veau fauve, dos et coins, tête dor., non rogné.

44. **Comte** (Achille). Structure et physiologie de l'homme, démontrées à l'aide de figures coloriées, découpées et superposées. *Paris, G. Masson*, 1876, in-12, fig. en couleurs, cart. toile.

45. **Contes** à rire et aventures plaisantes, ou récréations françaises, nouvelle édition revue et corrigée, avec préface par A. Chassant. *Paris, Th. Belin*, 1881, in-8, fig., demi-rel. mar. rouge, dos et coins, tête dor., non rogné.

46. **Contes** célèbres de la littérature anglaise, traduits et arrangés par L. de Wailly et P.-J. Stahl. *Paris, Hetzel, s. d.*, in-8, fig., demi-rel. veau fauve, dos et coins, tête dor., non rogné.

47. **Contes** (Les) de l'abbé de Colibri, nouvelle édition, avec préface par un homme de lettres bien connu. *Paris, Th. Belin*, 1881, in-8, front. gr., demi-rel. mar. rouge, dos et coins, tête dor., non rogné.

48. **Cordier** (F.-G.). Les Champignons de la France, histoire, description, culture, usage des espèces comestibles, vénéneuses, suspectes, employés dans les arts, l'industrie, l'économie domestique et la médecine. *Paris, Rothschild*, 1870, gr. in-8, fig. en couleurs, demi-rel. veau fauve, dos et coins, tête dor., non rogné.

49. **Cortés** (José Domingo). America poetica. Poesias selectas americanas; con noticias biograficas de los autores. *Paris, Bouret, s. d.*, gr. in-8, demi-rel. mar. rouge, dos et coins, tête dor., non rogné.

50. **Cozzens** (S.-W.). La Contrée merveilleuse, voyage dans l'Arizona et le Nouveau Mexique, traduit par W. Rattier, *Paris, Garnier*, 1876, in-8, fig., demi-rel. veau fauve, dos et coins, tête dor., non rogné.

51. **Croix** (La). Recueil mensuel. *Paris*, 1880-1882, 2 vol. gr. in-8, fig., demi-rel. veau fauve, tr. peigne.

52. **Cucherat** (L'abbé F.). Histoire populaire de la bienheureuse Marguerite-Marie Alacoque et du culte du Sacré Cœur de Jésus. *Grenoble*, 1870, in-8, demi-rel. mar. brun, tête dor., non rogné.

53. **Dante.** De la volgare eloquenzia. — Dialogo del Trissino intitolato il castellano nel qualle si tratta de la lingua italiana. — Epistola del Trissino de le lettere nuevamente aggiunte ne la lingua italiana. — La Poetica di M. Giovan Giorgio Trissino. *Vincenza, Tolomeo Janiculo*, 1529, 4 pièces en 1 vol. in-4, mar. rouge, fil., dos orné, dent. inter., tr. dor.

54. De Gaule (J.-M.). Les Pélerinages illustrés, histoire des sanctuaires de la Mère de Dieu. *Paris, Bertin*, 1876, in-8, fig., demi-rel. mar. bleu, dos et coins, tête dor., non rogné.

55. Delaporte. Voyage au Cambodge. L'architecture Khmer. *Paris, Delagrave*, 1880, gr. in-8, fig., demi-rel. chag. rouge, tr. dor.

56. Dictionnaire de la conversation et de la lecture, inventaire raisonné des notions générales les plus indispensables à tous, par une société de savants et de gens de lettres, sous la direction de M. W. Duckett. *Paris, Firmin-Didot*, 1870. 16 vol. gr. in-8, demi-rel. mar. rouge, tr. peigne.

57. Dictionnaire universel théorique et pratique du commerce et de la navigation. *Paris, Guillaumin*, 1859. 2 vol. in-8, demi-rel. veau fauve, tr. peigne.

58. Drioux (M. l'abbé). Les Fêtes chrétiennes. *Paris, Furne*, 1880, gr. in-8, fig. noires et en couleurs, demi-rel. chag. brun, tr. dor.

59. Dufferin (Lord). Lettres écrites des régions polaires, traduites de l'anglais par F. de Lanoye. *Paris, Hachette*, 1860, in-8, fig., demi-rel. veau fauve, dos et coins, tête dor., non rogné.

60. Dumas (F.-G.). 1883, catalogue illustré des beaux-arts et catalogue illustré de l'exposition nationale. *Paris, Baschet*, 1883, in-8, fig., cart. toile.

61. Economiste français, journal hebdomadaire, M. Paul Leroy-Beaulieu, rédacteur en chef, année 1882. *Paris*, 1882. 2 vol. in-4, demi-rel. veau fauve, tr. peigne.

62. Enault (Louis). La Méditerranée, ses îles et ses bords. *Paris, Morizot*, 1863, gr. in-8, fig., demi-rel. chag. brun, dos et coins, tête dor., non rogné.

63. Enault (Louis). L'Amérique centrale et méridionale. *Paris, Mellado*, 1867, gr. in-8, fig., demi-rel. veau fauve, dos et coins, tête dor., non rogné.

64. Etudes religieuses, historiques et littéraires, par les Pères de la Compagnie de Jésus. *Paris, Douniol*, 1862, 2 vol. gr. in-8, demi-rel. veau fauve, tr. peigne.

65. Eyriès. Histoire des naufrages, délaissements de matelots, hivernages, incendies de navires et autres désastres de mer. *Paris, Laplace*. s. d., in-8, fig., demi-rel. veau fauve, dos et coins, tête dor., non rogné.

66. **Féval** (Paul). Œuvres (catholiques) soigneusement revues et corrigées. *Paris, Palmé*, 1880, 39 vol. in-12, cart. toile, tr. dor.

67. **Figuier** (Louis). Tableau de la nature ; la terre et les mers, la terre avant le déluge, histoire des plantes, zoophytes et mollusques, les insectes, les oiseaux, les animaux articulés, les poissons et les reptiles, les mammifères, l'homme primitif, les races humaines. *Paris, Hachette*, 1864-1873, 10 vol. in-8, fig., demi-rel. veau fauve, dos et coins, têtes dor., non rognés.

68. **Figuier** (Louis). Les poissons, les reptiles et les oiseaux. *Paris, Hachette*, 1868, in-8, fig., demi-rel. veau fauve, dos et coins, tête dor., non rogné.

69. **Figuier** (Louis). Le Savant du foyer, ou notions scientifiques sur les objets usuels de la vie. *Paris, Hachette*, 1863, in-8, fig., demi-rel. veau fauve, dos et coins, tête dor., non rogné.

70. **Figuier** (Louis). Les grandes inventions anciennes et modernes dans les sciences, l'industrie et les arts. *Paris, Hachette*, 1863, in-8, fig., demi-rel. veau fauve, dos et coins, tête dor., non rogné.

71. **Figuier** (Louis). Vies des savants illustres : savants de l'antiquité, savants du moyen-âge, savants de la Renaissance, savants du dix-septième siècle, savants du dix-huitième siècle. *Paris, Lacroix*, 1866-1874, 5 vol. in-8, fig., demi-rel. veau fauve, dos et coins, têtes dor., non rognés.

72. **Figuier** (Louis). Connais-toi toi-même, notions de physiologie à l'usage de la jeunesse et des gens du monde. *Paris, Hachette*, 1879, in-8, fig., demi-rel. veau fauve, dos et coins, tête dor., non rogné.

73. **Figures de la Bible**, déclarées par stances par G.-C.-T. (Gabriel Chappuis Tourangeau). Augmentées de grand nombre de figures aux Actes des Apôtres. *Lyon, Barthelemi Honorati*, 1582, in-8, fig. sur bois, mar. bleu jans., dent. inter., tr. dor. (*Trautz-Bauzonnet*).

  Exemplaire provenant de M. le baron de La Roche-Lacarelle. Les quatre premières figures ont subi des grattages.

74. **Flammarion** (Camille). La pluralité des mondes habités, étude où l'on expose les conditions d'habitabilité des terres célestes. *Paris, Didier*, 1864, in-8, fig., demi-rel. mar. rouge, dos et coins, tête dor., non rogné.

75. **Flammarion** (Camille). Histoire du ciel. *Paris, Hetzel*, 1872, gr. in-8, fig., demi-rel. veau fauve, dos et coins, tête dor., non rogné.

76. **Flammarion** (Camille). L'Atmosphère, description des grands phénomènes de la nature. *Paris, Hachette.* 1873, gr. in-8, fig., demi-rel. veau fauve, dos et coins, tête dor., non rogné.

77. **Flammarion** (Camille). Les terres du ciel, description astronomique, physique, climatologique, géographique des planètes qui gravitent avec la terre autour du soleil. *Paris, Didier.* 1877, in-8, fig., demi-rel. veau fauve, dos et coins, tête dor., non rogné.

78. **Flammarion** (Camille). Les Étoiles et les curiosités du ciel, description complète du ciel visible à l'œil nu et de tous les objets célestes faciles à observer. *Paris, C. Marpon,* 1882, gr. in-8, fig., demi-rel. veau fauve, dos et coins, tête dor., non rogné.

79. **Fléchier**. Sermones selectos. *Madrid, L. Lopez,* 1852, in-8, portr., demi-rel. mar. brun, dos et coins, tête dor., non rogné.

80. **Fonseca** (Joseph da). Dictionnaire français-espagnol et espagnol-français avec la nouvelle orthographe de l'académie espagnole. *Paris, Hachette,* 1858, in-8, demi-rel. veau fauve, tr. peigne.

81. **Fonssagrives** (Le d' J.-B.). Dictionnaire de la santé ou répertoire d'hygiène pratique à l'usage des familles et des écoles. *Paris, Delagrave,* 1876, gr. in-8, cart. toile.

82. **Fredol** (Alfred). Le Monde de la mer. *Paris, Hachette,* 1866, gr. in-8, fig. noires et en couleurs, demi-rel. veau fauve, dos et coins, tête dor., non rogné.

83. **Genoude** (M. de). La Raison du Christianisme, ou preuves de la vérité de la religion. *Paris, Parent-Desbarres,* 6 vol. in-12, demi-rel. veau fauve, dos et coins, têtes dor., non rognés.

84. **Germain** (Mgr). L'abbé Brin et Ed. Corroyer. Saint Michel et le mont Saint-Michel. *Paris, Firmin-Didot,* 1880, gr. in-8, fig. noires et en couleurs, demi-rel. veau fauve, dos et coins, non rogné.

85. **Godefroy** (Frédéric). Le Livre d'or français. La Mission de Jeanne d'Arc. *Paris, Reichel,* 1878, gr. in-8, fig., demi-rel. mar. rouge, dos et coins, tête dor., non rogné.

86. **Gourdault** (Jules). Voyage au pôle nord des navires *la Hansa* et *la Germania,* rédigé d'après les relations officielles allemandes. *Paris, Hachette,* 1875, in-8, fig., demi-rel. veau fauve, dos et coins, tête dor., non rogné.

87. **Gratry** (A.). Les Sophistes et la critique. *Paris, Douniol,* 1864, in-8, demi-rel. mar. rouge, tr. peigne.

88. **Grimard** (Ed.). Le Jardin d'acclimatation, le tour du monde d'un naturaliste. *Paris, Hetzel, s. d.*, gr. in-8, fig., demi-rel. chag. brun, tr. dor.

89. **Guillemin** (Alexandre). Jeanne d'Arc, l'épée de Dieu. *Paris, Dillet*, 1875, gr. in-8, fig., demi-rel. chag. rouge, tr. dor.

90. **Guillemin** (Amédée). Le Ciel, notions d'astronomie à l'usage des gens du monde et de la jeunesse. *Paris, Hachette*, 1870, gr. in-8, fig. noires et en couleurs, demi-rel. veau fauve, dos et coins, tête dor., non rogné.

91. **Guillemin** (Amédée). Les Comètes. *Paris, Hachette*, 1875, gr. in-8, fig., demi-rel. veau fauve, dos et coins, tête dor., non rogné.

92. **Guillemin** (Amédée). Les phénomènes de la physique. *Paris, Hachette*, 1869, gr. in-8, fig. noires et en couleurs, demi-rel. veau fauve, dos et coins, tête dor., non rogné.

93. **Guillemin** (Amédée). Les applications de la physique aux sciences, à l'industrie et aux arts. *Paris, Hachette*, 1874, gr. in-8, fig. noires et en couleurs, demi-rel. veau fauve, dos et coins, tête dor., non rogné.

94. **Guillemin** (Amédée). Le Monde physique, la pesanteur et la gravitation universelle, le son, la lumière, le magnétisme et l'électricité. *Paris, Hachette*, 1881-1883, 4 vol, gr. in-8, fig. noires et en couleurs ; les 3 premiers vol. demi-rel. veau fauve, dos et coins, tête dor., non rognés ; le tome 4 broché.

95. **Guillois** (L'abbé Ambroise). Explication historique, dogmatique, morale, liturgique et canonique du Catéchisme. *Paris, Wattelier*, 4 vol. in-12, demi-rel. mar. brun, tr. peigne.

96. **Hayes** (Le D' J.-J.). La Mer libre du pôle, voyage de découvertes dans les mers arctiques exécuté en 1860-1861, traduit de l'anglais par Ferdinand de Lanoye. *Paris, Hachette*, 1868, in-8, fig., demi-rel. veau fauve, dos et coins, tête dor., non rogné.

97. **Hayes** (Isaac-G.). Perdus dans les glaces ; traduit de l'anglais par Léon Renard. *Paris, Hachette*, 1870, in-8, fig., demi-rel. veau fauve, dos et coins, tête dor., non rogné.

98. **Hayes** (Le D' I.-J.). La Terre de désolation, excursion d'été au Groenland, traduit de l'anglais par J.-M.-L. Reclus. *Paris, Hachette*, 1874, in-8, fig., demi-rel. veau fauve, dos et coins, tête dor., non rogné.

99. **Henrion** (M. le baron). Histoire générale des missions catholiques, depuis le xiiie siècle jusqu'à nos jours. *Paris, Gaume,* 1847, 2 vol. gr. in-8, front. gr., fig., demi-rel. mar. rouge, dos et coins, têtes dor., non rognés.

100. **Heures gothiques,** d'après les manuscrits des bibliothèques nationales et particulières. *Paris, Leroy-Secail, s. d.,* in-12, fig., mar. violet jans., tr. dor.

101. **Hœfer** (Ferdinand). Le Monde des bois, plantes et animaux. *Paris, Rothschild,* 1868, gr. in-8, fig., demi-rel. veau fauve, dos et coins, tête dor., non rogné.

102. **Hombron.** Aventures les plus curieuses des voyageurs, coup d'œil autour du monde. *Paris, Belin-Leprieur, s. d.,* 2 vol. in-8, fig. noires et en couleurs, demi-rel. veau fauve, dos et coins, tête dor., non rognés.

103. **Hubner** (M. le baron de). Promenade autour du monde, 1871. *Paris, Hachette,* 1875, 2 vol. in-12, demi-rel. mar. rouge, dos et coins, têtes dor., non rognés.

104. **Jezierski** (Louis). Combats et batailles du siège de Paris, septembre 1870 à janvier 1871. *Paris, Garnier, s. d.,* gr. in-8, fig., demi-rel. mar. rouge, dos et coins, tête dor., non rogné.

105. **Kanitz.** La Bulgarie danubienne et le Balkan, études de voyages (1860-1880). *Paris, Hachette,* 1882, gr. in-8, fig., demi-rel. veau fauve, dos et coins, tête dor., non rogné.

106. **La Blanchère** (H. de). La Pêche et les poissons, nouveau dictionnaire général des pêches, précédé d'une préface par Aug. Dumeril. *Paris, Delagrave,* 1868, gr. in-8, fig. noires et en couleurs, demi-rel. veau fauve, dos et coins, tête dor., non rogné.

107. **La Blanchère** (H. de). Voyage au fond de la mer. *Paris, Furne, s. d.,* in-8, fig. noires et en couleurs, demi-rel. veau fauve, dos et coins, tête dor., non rogné.

108. **La Brugère** et Jules Trousset. Atlas national contenant la géographie physique, politique, historique, théorique, économique militaire, agricole, industrielle et commerciale de la France et de ses colonies. *Paris, A. Fayart,* 1877, in-4, 115 cartes, demi-rel. mar. rouge, dos et coins, tête dor., non rogné.

109. **Lacheze** (Pierre). La Vie de Notre Seigneur Jésus-Christ, ou l'évangile dans son unité. *Paris, Furne,* 1857, gr. in-8, fig., demi-rel. chag. noir, tr. dor.

110. Lacroix (Paul). Contes du bibliophile Jacob à ses petits-enfants sur l'histoire de France. *Paris, Firmin-Didot*, 1874, in-8, fig., demi-rel. veau fauve, dos et coins, tête dor., non rogné.

111. Le Bon (Le D' Gustave). La Vie, physiologie humaine appliquée à l'hygiène et à la médecine. *Paris, Rothschild*, 1874. in-8, fig., demi-rel. mar. rouge, dos et coins, tête dor., non rogné.

112. Lecoq (Henri). Le Monde des fleurs, botanique pittoresque. *Paris, Rothschild*, 1870, gr. in-8, fig., demi-rel. veau fauve, dos et coins. tête dor., non rogné.

113. Lefebvre (Le R. P. Al.). OEuvres. *Paris, Putois-Cretté, s. d.*, 11 vol. in-12, demi-rel. mar. brun, dos et coins, têtes dor., non rognés.

  Annales de la bonne mort. 4 vol. — Mois de Marie, 2 vol. — Mois du Sacré Cœur. — Mois de saint Joseph. — De la folie en matière de religion. — Consolations. — Manuel de la bonne mort.

114. Lesage (A. comte de Las Cases). Atlas historique, généalogique, chronologique et géographique. *Paris, Delloge, s. d.*, in-fol., demi-rel. chag. rouge.

  35 feuilles.

115. Lescure (M. de). Marie Stuart, dix compositions par M. Carolus Duran. gravées par MM. Bracquemond et Rajon. *Paris, Ducrocq, s. d.*, gr. in-8, fig., demi-rel. veau fauve. dos et coins, tête dor., non rogné.

116. Lescure (M. de). Marie-Antoinette et sa famille, d'après les nouveaux documents. *Paris, Ducrocq, s. d.*, gr. in-8, fig., demi-rel. veau fauve, dos et coins, tête dor., non rogné.

117. Livingstone (Le R. D' David). Exploration dans l'intérieur de l'Afrique australe et voyages à travers le continent, de Saint-Paul de Loanda à l'embouchure du Zambèse, de 1840 à 1856, traduit de l'anglais par M'" H. Loreau. *Paris, Hachette*. 1859, in-8, fig., demi-rel. veau fauve, dos et coins. tête dor., non rogné.

118. Livingstone (David et Charles). Exploration du Zambèse et de ses affluents, et découverte des lacs Chiroua et Nyassa, traduit de l'anglais par M'" H. Loreau. *Paris, Hachette*, 1866, in-8. fig., demi-rel. veau fauve, dos et coins, tête dor., non rogné.

119. Livingstone (David). Dernier journal relatant ses explorations et découvertes, de 1866 à 1873, suivi du récit de ses derniers moments, rédigé d'après le rapport de ses fidèles serviteurs Chouma et Souzi, par Horace Waller. traduit de l'anglais par M'" H. Loreau. *Paris, Hachette*. 1876, 2 vol. in-8. fig., demi-rel. veau fauve, dos et coins, têtes dor., non rognés.

120. **Ludolphe le Chartreux.** La grande vie de Jésus-Christ, nouvelle traduction intégrale avec préface et notes par le P. Dom. Florent Broquin. *Paris, Dillet*, 1870, 7 vol. in-12, demi-rel. mar. brun, dos et coins, têtes dor., non rognés.

121. **Mage** (M. E.). Voyage dans le Soudan occidental (Sénégambie-Niger). *Paris, Hachette*, 1868, in-8, fig., demi-rel. veau fauve, dos et coins, tête dor., non rogné.

122. **Mangin** (Arthur). Voyages et découvertes outre-mer au XIX⁰ siècle. *Tours, A. Mame*, 1863, in-8, fig., demi-rel. veau fauve, dos et coins, tête dor., non rogné.

123. **Mangin** (Arthur). Les mystères de l'Océan. *Tours, A. Mame*, 1864, in-8, fig., demi-rel. veau fauve, dos et coins, tête dor., non rogné.

124. **Mangin** (Arthur). L'Air et le monde aérien. *Tours, A. Mame*, 1865, in-8, fig., demi-rel. veau fauve, dos et coins, tête dor., non rogné.

125. **Mangin** (Arthur). Le Désert et le monde sauvage. *Tours, A. Mame*, 1866, in-8, fig., demi-rel. veau fauve, dos et coins, tête dor., non rognés.

126. **Mangin** (Arthur). La Révolte au Bengale en 1857 et 1858, souvenirs d'un officier irlandais. *Tours, A. Mame*, 1867, gr. in-8, fig., demi-rel. veau fauve, dos et coins, tête dor., non rogné.

127. **Mangin** (Arthur). Nos Ennemis et nos Alliés, études zoologiques. *Tours, A. Mame*, 1870, in-8, fig., demi-rel. veau fauve, dos et coins, tête dor., non rogné.

128. **Mangin** (Arthur). L'Homme et la Bête. *Paris, Firmin-Didot*, 1872, in-8, fig., demi-rel. veau fauve, dos et coins, tête dor., non rogné.

129. **Manzoni.** Les Fiancés, histoire milanaise du XVI⁰ siècle, traduction nouvelle par le marquis de Montgrand. *Paris, Garnier, s. d.*, gr. in-8, fig., demi-rel. veau fauve, dos et coins, tête dor., non rogné.

130. **Mayne-Reid.** La Sœur perdue. *Paris, Hetzel, s. d.*, in-8, fig., demi-rel. veau fauve, dos et coins, tête dor., non rogné.

131. **Mayne-Reid.** Le Désert d'eau dans la forêt. *Paris, Hetzel, s. d.*, in-8, fig., demi-rel. veau fauve, dos et coins, tête dor., non rogné.

132. **Mayne-Reid.** Les Chasseurs de chevelures. *Paris, Hetzel, s. d.*, in-8, fig., demi-rel. veau fauve, dos et coins, tête dor., non rogné.

133. **Mayne-Reid**. Les deux filles du Squatter. *Paris. Hetzel, s. d.*, in-8, fig., demi-rel. veau fauve, dos et coins, tête dor., non rogné.

134. **Mayne-Reid**. Les Jeunes esclaves. *Paris, Hetzel, s. d.*, in-8, fig., demi-rel. veau fauve, dos et coins, tête dor., non rogné.

135. **Mayne-Reid**. Les Jeunes voyageurs. *Paris, Hetzel, s. d.*, in-8, fig., demi-rel. veau fauve, dos et coins, tête dor., non rogné.

136. **Mayne-Reid**. Les Naufragés de l'île de Bornéo. *Paris, Hetzel, s. d.*, in-8, fig., demi-rel. veau fauve, dos et coins, tête dor., non rogné.

137. **Mayne-Reid**. Les Planteurs de la Jamaïque *Paris, Hetzel, s. d.*, in-8, fig., demi-rel. veau fauve, dos et coins, tête dor., non rogné.

138. **Mayne-Reid**. William le mousse. *Paris, Hetzel, s. d.*, in-8, fig., demi-rel. veau fauve, dos et coins, tête dor., non rogné.

139. **Mila** (Comtesse de). La Dévotion dans le monde, précédée d'une lettre à l'auteur, par Mgr Mermillod. *Paris, Sauton*, 1874, in-12, mar. brun jans., dent. inter., tr. dor.

140. **Milton** (Le vicomte) et le dr W.-B. Cheable. Voyage de l'Atlantique au Pacifique, à travers le Canada, les Montagnes Rocheuses et la Colombie anglaise, traduit de l'anglais par J. Belin de Launay. *Paris, Hachette*, 1866, in-8, fig., demi-rel. veau fauve, dos et coins, tête dor., non rogné.

141. **Missions** (Les) catholiques. Bulletin hebdomadaire de l'œuvre de la propagation de la foi, de l'origine 1868 à 1883. *Lyon*, 1868-1882, 14 vol. in-4, fig., demi-rel. mar. rouge, dos et coins, tête dor., non rognés.

142. **Mont-Rond** (Maxime de). Fleurs monastiques, souvenirs, études et pélerinages. *Paris, Vrayet de Surcy*, 1860, in-8, fig., demi-rel. veau fauve, tr. peigne.

143. **Montsabré** (Le T. R. P. J.-M.-L.). Conférences de Notre-Dame de Paris, années 1869, 1872 à 1874, 1876 à 1882, 12 vol. — Conférences conventuelles, 4 vol. *Paris, Battenweck*, 1878-1882. Ensemble 16 vol. in-8, demi-rel. veau fauve, dos et coins, têtes dor., non rognés.

144. **Muller** (E.). Les femmes, d'après les auteurs français. *Paris, Garnier, s. d.*, gr. in-8, demi-rel. chag. brun, dos et coins, tête dor., non rogné.

145. **Muller** (E.). La Morale en action, par l'histoire. *Paris, Hetzel, s. d.*, in-8, fig., demi-rel. chag. brun, tr. dor.

146. **Muller.** La Forêt, son histoire, sa légende, sa vie, son rôle, ses habitants. *Paris, Ducrocq*, 1878, gr. in-8, fig., demi-rel. chag. rouge, tr. dor.

147. **Musée** de Versailles, ou tableaux de l'histoire de France, avec un texte explicatif d'après nos meilleurs historiens, Henri Martin, Michaud, Burette, etc. *Paris, Furne*, 1858, in-4, fig., demi-rel. chag. rouge, tr. dor.

148. **Nares** (Le capitaine sir George). Un Voyage à la mer polaire sur les navires de S. M. B. *l'Alerte* et *la Découverte* (1875 à 1881), suivi de notes sur l'histoire naturelle, par H. W. Feilden, traduit de l'anglais par Frédéric Bernard. *Paris, Hachette*, 1880, in-8, fig., demi-rel. veau fauve, dos et coins, tête dor., non rogné.

149. **Naudin** (Charles). Les plantes à feuillage coloré, histoire, description, culture, emploi des espèces les plus remarquables pour la décoration des parcs, jardins, serres, appartements. *Paris, Rothschild*, 1867, 2 vol. gr. in-8, fig. en couleurs, demi-rel. veau fauve, dos et coins, têtes dor., non rognés.

150. **Neuville** (A. de). Croquis militaires. *Paris, Goupil, s. d.*, 20 planches in-fol, en carton.

151. **Noel et Chapsal**. Nouveau dictionnaire de la langue française. *Paris, Maire Nyon*, 1860, in-8, demi-rel. veau fauve, tr. peigne.

152. **Palgrave** (William Gifford). Une année de voyage dans l'Arabie centrale (1862-1863), traduit de l'anglais par Emile Jonveaux. *Paris, Hachette*, 1866, 2 vol. in-8, fig., demi-rel. veau fauve, dos et coins, têtes dor., non rognés.

153. **Pèlerin** (Le) illustré, légendes, récits, fleurs des saints, promenades à travers le monde des nouvelles, pèlerinages, salut, vocations, œuvres ouvrières. *Paris*, 1877-1882, 8 vol. gr. in-8, fig., demi-rel. mar. rouge, dos et coins, têtes dor., non rognés.

154. **Pelletan** (Dr J.). Le Microscope, son emploi et ses applications. *Paris, Masson*, 1876, in-8, fig., demi-rel. veau fauve, dos et coins, tête dor., non rogné.

155. **Ponlevoy** (Le P. Armand de). Actes de la captivité et de la mort des RR. PP. P. Olivaint, L. Ducoudray, J. Caubert, A. Clerc, A. de Bengy, de la Compagnie de Jésus. *Paris, Josse*, 1872, gr. in-8, portr., demi-rel. mar. rouge, dos et coins, tête dor., non rogné.

156. **Pouchet** (E.-A.). L'Univers, les infiniment grands et les infiniment petits. *Paris, Hachette*, 1868, gr in-8, fig. noires et

en couleurs, demi-rel. veau fauve, dos et coins, tête dor., non
rogné.

157. **Prjévalski** (N.). Mongolie et pays des Tangoutes, traduit
du russe par G. du Laurens. *Paris, Hachette*, 1880, in-8, fig.,
demi-rel. veau fauve, dos et coins, tête dor., non rogné.

158. **Quicherat** (J.). Histoire du costume en France, depuis les
temps les plus reculés jusqu'à la fin du xviiie siècle. *Paris,
Hachette*, 1877, gr. in-8, fig., demi-rel. veau fauve, dos et coins,
tête dor., non rogné.

159. **Rambosson** (J.). Les Pierres précieuses et les principaux
ornements. *Paris, Firmin-Didot*, 1870, in-8, fig., demi-rel. veau
fauve, dos et coins, tête dor., non rogné.

160. **Ratisbonne** (Louis). Dernières scènes de la Comédie enfan-
tine. *Paris, Hetzel, s. d.*, in-8, fig., demi-rel. chag. rouge, tête
dor., non rogné.

161. **Raynal** (F.-E.). Les Naufragés, ou vingt mois sur un récif
des îles Auckland, récit authentique. *Paris, Hachette*, 1870, gr.
in-8, fig., demi-rel. veau fauve, dos et coins, tête dor., non rogné.

162. **Reclus** (Elisée). La Terre, description des phénomènes de la
vie du globe, les continents, l'océan, l'atmosphère, la vie. *Paris,
Hachette*, 1869, 2 vol. gr. in-8, fig., demi-rel. veau fauve, dos et
coins, têtes dor., non rognés.

163. **Regamey** (Félix). Okoma, roman japonais, illustré d'après
le texte de Takizava-Bakin et les dessins de Chiguenoï. *Paris,
Plon*, 1883, in-4, fig., rel. soie jaune.
   Exemplaire imprimé sur papier du Japon.

164. **Sachot** (Octave). La Sibérie orientale et l'Amérique russe,
le pôle nord et ses habitants, récits de voyages. *Paris, Ducrocq*,
1875, in-8, fig., demi-rel. veau fauve, dos et coins, tête dor.,
non rogné.

165. **Saco** (Don José Antonio). Coleccion de papeles cientificos,
historicos, politicos y de otros ramos sobre la isla de Cuba. *Paris*,
1858, 3 vol. in-8, demi-rel. mar. vert, dos et coins, têtes dor.,
non rognés.

166. **Sainte-Beuve**. Galerie et nouvelle galerie de femmes
célèbres, tirées des causeries du lundi. *Paris, Garnier, s. d.*,
2 vol. gr. in-8, fig., demi-rel. veau fauve, dos et coins, têtes dor.,
non rognés.

167. **Sainte Bible** contenant l'ancien et le nouveau Testament,
avec une traduction française en forme de paraphrase, par le R. P.

de Carrières. *Paris, Gaume,* 1874, 8 vol. in-8. demi-rel. mar. brun, tr. peigne.

168. Sainte Thérèse. Lettres et vie, traduites suivant l'ordre chronologique sur les manuscrits originaux, par le P. Marcel Bouix. *Paris, Lecoffre,* 1861, 4 vol. in-8, demi-rel. mar. brun, dos et coins, têtes dor., non rognés.

169. Saintine (X.-B.). La Mythologie du Rhin, illustrée par Gustave Doré. *Paris, Hachette,* 1862. in-8. fig., demi-rel. veau fauve, tr. peigne.

    Exemplaire de premier tirage.

170. Saint-Martin (Vivien de). Histoire de la géographie et des découvertes géographiques depuis les temps les plus reculés jusqu'à nos jours. *Paris, Hachette,* 1873, gr. in-8. demi-rel. mar. rouge, dos et coins, tête dor., non rogné.

171. Sand (Maurice). Le Monde des papillons, promenade à travers champs, avec une préface de George Sand, suivi de l'histoire naturelle des lépidoptères d'Europe, par A. Depuiset. *Paris, Rothschild,* 1867, in-4, fig. en couleurs. demi-rel. veau fauve, dos et coins, tête dor., non rogné.

172. Sardina Mimoso (Juan). Relacion de la real tragicomedia con que los padres de la compania de Jesus en su colegio de S. Anton de Lisboa recibieron a la magestad catolica de Felipe II de Portugal, y de su entrada en este reino, con lo que se hizo en las villas, y cuidades en que entro. *Lisboa, Jorge Rodriguez,* 1620, in-8. mar. bleu, fil., dos orné, dent. inter., tr. dor. (*Dupré*).

173. Saynètes et monologues, par MM. J. de Biez, Chauvin, Ch. Gros, P. Ferrier, O. Gastineau, G. Goetschy, Fr. Mons, Ch. Monselet, G. Nadaud, G. Ohnet et Léon Supersac. *Paris, Tresse,* 1882. 8 vol. in-12. demi-rel. mar. vert.

174. Schweinfurth (Dr George). Au Cœur de l'Afrique. 1868-1871, voyages et découvertes dans les régions inexplorées de l'Afrique centrale, traduit par Mme H. Loreau. *Paris, Hachette,* 1875. 2 vol. in-8, fig., demi-rel., veau fauve, dos et coins, têtes dor., non rognés.

175. Secchi (Le P. A.). Les Etoiles, essai d'astronomie sidérale. *Paris, Germer-Baillière,* 1879, 2 tomes en 1 vol. in-8, fig. noires et en couleurs. demi-rel. veau fauve, dos et coins, tête dor., non rogné.

176. Serpa Pinto (Le major). Comment j'ai traversé l'Afrique depuis l'Atlantique jusqu'à l'Océan Indien, à travers des régions inconnues, traduit par J. Belin de Launay. *Paris, Hachette*, 1881, 2 vol. in-8, fig., demi-rel. veau fauve, dos et coins, têtes dor., non rognés.

177. **Simonin** (L.). La Vie souterraine, ou les mines et les mineurs. *Paris, Hachette*, 1867, gr. in-8, fig. noires et en couleurs, demi-rel. veau fauve, dos et coins, tête dor., non rogné.

178. **Simonin** (L.). Les Pierres, esquisses minéralogiques. *Paris, Hachette*, 1869, gr. in-8, fig., noires et en couleurs, demi-rel. veau fauve, dos et coins, tête dor., non rogné.

179. **Smée** (Alfred). Mon jardin, géologie, botanique, histoire naturelle, culture, traduit de l'anglais par Éd. Barbier. *Paris, Germer-Baillière*, 1876, in-8, fig., demi-rel. veau fauve, dos et coins, tête dor., non rogné.

180. **Souvestre** (Emile). Les Merveilles de la nuit de Noël, récits fantastiques du foyer breton. *Paris, Michel Lévy*, 1868, gr. in-8, demi-rel. veau fauve, dos et coins, tête dor., non rogné.

181. **Stanley** (H.). La Terre de servitude, traduit de l'anglais par J. Levoisin. *Paris, Hachette*, 1875, in-8, fig., demi-rel. veau fauve, dos et coins, tête dor., non rogné.

182. **Stanley** (Henri M.). Comment j'ai retrouvé Livingstone, voyages, aventures et découvertes dans le centre de l'Afrique, traduit de l'anglais par Mme H. Loreau. *Paris, Hachette*, 1876, in-8, fig., demi-rel. veau fauve, dos et coins, tête dor., non rogné.

183. **Stanley** (Henri M.). A travers le continent mystérieux, découverte des sources méridionales du Nil, circumnavigation du lac Victoria et du lac Tangantka, descente du fleuve Livingstone ou Congo jusqu'à l'Atlantique, traduit de l'anglais par Mme H. Loreau. *Paris, Hachette*, 1879, 2 vol. in-8, fig., demi-rel. veau fauve, dos et coins, tête dor., non rognés.

184. **Stop**. Bêtes et gens, fables et contes humoristiques à la plume et au crayon. *Paris, Plon*, 1877, in-8, fig., demi-rel. veau fauve, dos et coins, tête dor., non rogné.

185. **Swetchine** (Mme). Journal de sa conversion, méditations et prières, publié par le comte de Falloux. *Paris, Didier*, 1863, in-8, demi-rel. veau fauve, tr. peigne.

186. **Tardieu** (Ambroise). Dictionnaire d'hygiène publique et de salubrité ou répertoire de toutes les questions relatives à la santé publique. *Paris, J.-B. Baillière*, 1862, 4 vol. in-8, demi-rel. mar. brun, têtes dor., non rognés.

187. **Tardieu** (Ambroise). Atlas de géographie ancienne et moderne, revu et corrigé par A. Vuillemin. *Paris, Furne*, 1861, in-fol., 31 cartes cart.

188. **Théatre** (Le) inédit du xix⁰ siècle, recueil de pièces de divers auteurs, précédé d'une introduction de l'éditeur et orné de 13 magnifiques eaux-fortes. *Paris, Laplace*, 1877, gr. in-8, fig., demi-rel. chag. rouge, dos et coins, tête dor., non rogné.

189. **Theatro** Hespañol por Don Vicente Garcia de la Huerta. *Madrid, Imprenta Real*, 1785, 12 vol. in-12, portr. veau jaspé fil.

190. **Thomson** (J.). Dix ans de voyages dans la Chine et l'Indo-Chine, traduit de l'anglais par A. Talandier et H. Vattemare. *Paris, Hachette*, 1877, in-8, fig., demi-rel. veau fauve, dos et coins, tête dor., non rogné.

191. **Toytot** (E. de). Voyage de Grenoble à la Salette. *Paris, Douniol*, 1863, in-8, fig., demi-rel. mar. brun, dos et coins, tête dor., non rogné.

192. **Trésor** littéraire de la France, recueil en prose de morceaux empruntés aux écrivains les plus renommés et aux personnages les plus remarquables de notre pays depuis le xiiiᵉ siècle jusqu'à nos jours. *Paris, Hachette*, 1866, gr. in-8, fig., demi-rel. mar. rouge, dos et coins, tête dor., non rogné.

193. **Vambéry** (Arminius). Voyage d'un faux derviche dans l'Asie centrale, de Téhéran à Khiva, Bokhara et Samarkand, par le grand désert turkoman, traduit de l'anglais par E.-D. Forgues. *Paris, Hachet'e*, 1865, in-8, fig., demi-rel. veau fauve, dos et coins, tête dor., non rogné.

194. **Vapereau** (G.). Dictionnaire universel des contemporains, contenant toutes les personnes notables de la France et des pays étrangers. *Paris, Hachette*, 1861, in-8, demi-rel. veau fauve, tr. peigne.

195. **Verne** (Jules). Les Enfants du capitaine Grant, voyage autour du monde. *Paris, Hetzel, s. d.*, gr. in-8, fig., demi-rel. mar. rouge, dos et coins, tête dor., non rogné.

196. **Verne** (Jules). L'Ile mystérieuse. *Paris, Hetzel, s d.*, gr. in-8, fig., demi-rel. mar. rouge, dos et coins, tête dor., non rogné.

197. **Verne** (Jules). Vingt mille lieues sous les mers. *Paris, Hetzel, s. d.*, gr. in-8, fig., demi-rel. mar. rouge, dos et coins, tête dor., non rogné.

198. **Verne** (Jules). Un Capitaine de quinze ans. *Paris, Hetzel, s. d.*, gr. in-8, fig., demi-rel. mar. rouge, dos et coins, tête dor., non rogné.

199. **Verne** (Jules). Le Tour du monde en quatre-vingts jours. *Paris, Hetzel, s. d.*, gr. in-8. fig., demi-rel. mar. rouge, dos et coins, tête dor., non rogné.

200. **Verne** (Jules). Le Docteur Ox, maître Zacharius, un Hivernage dans les glaces, un Drame dans les airs. — Le Chancellor, suivi de Martin Paz. *Paris, Hetzel, s. d.*, 2 tomes en 1 vol. gr. in-8, demi-rel. mar. rouge, dos et coins, tête dor., non rogné.

201. **Verne** (Jules). Cinq semaines en ballon, voyage de découvertes en Afrique. — Voyage au centre de la terre. *Paris, Hetzel, s. d.*, 2 tomes en 1 vol. gr. in-8, fig., demi-rel. mar. rouge, dos et coins, tête dor., non rogné.

202. **Verne** (Jules). Voyages et aventures du capitaine Hatteras, les Anglais au pôle nord, le Désert de glace. *Paris, Hetzel, s. d.*, gr. in-8, fig., demi-rel. mar. rouge, dos et coins, tête dor., non rogné.

203. **Verne** (Jules). Hector Servadac, voyages et aventures à travers le monde solaire. *Paris, Hetzel, s. d.*, gr. in-8. fig., demi-rel. mar. rouge, dos et coins, tête dor., non rogné.

204. **Verne** (Jules). Michel Strogoff, Moscou, Irkoutsk, suivi de Un drame au Mexique. *Paris, Hetzel, s. d.*, gr. in-8, fig., demi-rel. mar. rouge, dos et coins, tête dor., non rogné.

205. **Verne** (Jules). De la terre à la lune, trajet direct en 97 heures 20 minutes ; suivi de Autour de la lune. *Paris, Hetzel, s. d.*, gr. in-8, fig., demi-rel. mar. rouge, dos et coins, tête dor., non rogné.

206. **Verne** (Jules). Une Ville flottante, suivi de Les Forceurs de blocus. — Aventures de trois Russes et de trois Anglais dans l'Afrique australe. *Paris, Hetzel, s. d.*, 2 tomes en 1 vol. gr. in-8, fig., demi-rel. mar. rouge, dos et coins, tête dor., non rogné.

207. **Verne** (Jules). Le Pays des fourrures. *Paris, Hetzel, s. d.*, gr. in-8, fig., demi-rel. mar. rouge, dos et coins, tête dor., non rogné.

208. **Verne** (Jules). Les Indes noires. *Paris, Hetzel, s. d.*, gr. in-8, fig., demi-rel. mar. rouge, dos et coins, tête dor., non rogné.

209. **Verne** (Jules). Les Tribulations d'un Chinois en Chine, les 500 millions de la Begum, les Révoltés de la Bounty. *Paris, Hetzel, s. d.*, gr. in-8, fig., demi-rel. mar. rouge, dos et coins, tête dor., non rogné.

210. **Verne** (Jules). La Maison à vapeur, voyage à travers l'Inde septentrionale. *Paris, Hetzel, s. d.*, gr. in-8, fig., demi-rel. mar. rouge, dos et coins, tête dor., non rogné.

211. **Verne** (Jules). La Jangada, huit cents lieues sur l'Amazone. *Paris, Hetzel, s. d.*, gr. in-8, fig., demi-rel. mar. rouge, dos et coins, tête dor., non rogné.

212. **Verne** (Jules). L'Ecole des Robinsons. — Le Rayon vert. *Paris, Hetzel, s. d.*, 2 tomes en 1 vol. gr. in-8, fig., demi-rel. mar. rouge, dos et coins, tête dor., non rogné.

213. **Verne** (Jules). Découverte de la terre, *Paris, Hetzel, s. d.*, gr. in-8, fig., demi-rel. mar. rouge, dos et coins, tête dor., non rogné.

214. **Verne** (Jules). Les grands Navigateurs du xviiie siècle. *Paris, Hetzel, s. d.*, gr. in-8, fig., demi-rel. mar. rouge, dos et coins, tête dor., non rogné.

215. **Verne** (Jules). Les Voyageurs du xixe siècle. *Paris, Hetzel, s. d.*, gr. in-8, fig., demi-rel. mar. rouge, dos et coins, tête dor., non rogné.

216. **Veuillot** (Louis). Œuvres. *Paris, V. Palmé*, 1869-1883, 14 vol. in-12, demi-rel. veau fauve, dos et coins, têtes dor., non rognés.
   Les Couleuvres. — Dialogues socialistes. — Les odeurs de Paris. — Corbin et d'Aubecourt. — Molière et Bourdaloue. — Le parfum de Rome. 2 vol. — Paris pendant les deux sièges, 2 vol. — La guerre et l'homme de guerre. — Les libres penseurs. — Le droit du seigneur. — Ça et là. 2 vol.

217. **Veuillot** (Louis). La Vie de Notre-Seigneur Jésus-Christ. *Paris, Périsse*, 1864, in-8, demi-rel. veau fauve, dos et coins, tête dor., non rogné.

218. **Veuillot** (Louis). Rome pendant le concile. *Paris, Palmé*, 1372, 2 vol. in-8, demi-rel. veau fauve, dos et coins, têtes dor., non rognés.

219. **Vidieu** (L'abbé). Sainte Geneviève, patronne de Paris, et son influence sur les destinées de la France. *Paris, Firmin-Didot,* 1884, gr. in-8, fig., br.

220. **Vigny** (Le comte Alfred de). Servitudes et grandeur militaires. *Paris, Librairie Nouvelle*, 1857, in-8, demi-rel. mar. rouge, dos et coins, tête dor., non rogné.

221. **Viollet-le-Duc.** Histoire de l'habitation humaine depuis les temps préhistoriques jusqu'à nos jours. *Paris, Hetzel, s. d.*, in-8, fig., demi-rel. veau fauve, dos et coins, tête dor., non rogné.

222. **Vogt** (Carl). Les Mammifères, édition française illustrée. *Paris, G. Masson*, 1884, in-4, fig., br.

223. **Voyages** aériens par J. Glaisher, Camille Flammarion, W. de Fonvielle et Gaston Tissandier. *Paris. Hachette*, 1870, gr. in-8, fig. noires et en couleurs, demi-rel. veau fauve, dos et coins, tête dor., non rogné.

224. **Whymper** (Frédéric). Voyages et aventures dans l'Alaska (ancienne Amérique russe), traduit de l'anglais par Emile Jonveaux. *Paris. Hachette*, 1871, in-8, fig., demi-rel. veau fauve, dos et coins, tête dor., non rogné.

225. **Whymper** (Edouard). Escalades dans les Alpes de 1860 à 1869, ouvrage traduit de l'anglais avec l'autorisation de l'auteur, par Adolphe Joanne, *Paris, Hachette*, 1875, gr. in-8, fig., demi-rel. veau fauve, dos et coins, tête dor., non rogné.

226. **With** (Emile). L'Ecorce terrestre, les minéraux, leur histoire et leurs usages dans les arts et métiers. *Paris, Plon*, 1874, in-8, fig., demi-rel. veau fauve, dos et coins, tête dor., non rogné.

227. **Women** of the Bible, delineated in a serie of sketches of prominent females mentioned in Holy Scripture by clergyman of the United States. *New-York, Appleton*, 1850, gr. in-8, fig. chag. brun, tr. dor.

228. **Wyville Thomson.** Les Abimes de la mer, récit des expéditions de draguage des vaisseaux de S.-M. *le Porcupine* et *le Lightning*, pendant les étés de 1868, 1869 et 1870, ouvrage traduit par le Dr Lortet. *Paris, Hachette*, 1875, gr. in-8, fig., demi-rel. veau fauve, dos et coins, tête dor., non rogné.

PUBLICATIONS BIBLIOGRAPHIQUES

En vente à la librairie AUGUSTE FONTAINE

Bibliographie moliéresque ou description raisonnée de toutes les éditions des comédies et des œuvres de Molière, de toutes les imitations de ces comédies, de toutes les traductions en langues étrangères et généralement de tous les ouvrages relatifs à Molière et à ses écrits, seconde édition, revue, corrigée et considérablement augmentée, par Paul Lacroix (bibliophile Jacob). — Un vol. in-8 imprimé sur papier de Hollande . . . . 25 fr.

Iconographie moliéresque contenant la liste générale des portraits de Molière, peints, dessinés et gravés ; le catalogue des suites de figures publiées jusqu'à ce jour pour l'ornement des œuvres de cet auteur, et l'indication de tous les ouvrages de peinture, de sculpture qui s'y rapportent, avec notes et commentaires, par Paul Lacroix (bibliophile Jacob), seconde édition, corrigée et considérablement augmentée. — Un vol. in-8 imprimé sur papier de Hollande . . 25 fr.

Bibliographie cornélienne ou description raisonnée de toutes les éditions des œuvres de Pierre Corneille, des imitations ou traductions qui en ont été faites, et des ouvrages relatifs à Corneille et à ses écrits, par Émile Picot. — Un vol. in-8 imprimé sur papier de Hollande . . . . 25 fr.

Bibliographie et Iconographie de tous les ouvrages de Restif de La Bretonne, comprenant la description détaillée des éditions originales, des réimpressions, des contrefaçons, des traductions, des imitations, etc., y compris la nomenclature des estampes, avec des notes historiques, critiques et littéraires, par P.-L. Jacob, bibliophile. — 1 vol. in-8 imprimé sur papier de Hollande . . . . . . 25 fr.

Livre-Journal de Lazare Duvaux, marchand bijoutier ordinaire du roi 1748-1758, précédé d'une étude sur le goût et sur le commerce des objets d'art au milieu du XVIIIe siècle, et accompagné d'une table alphabétique des noms d'hommes, de lieux et d'objets mentionnés dans le journal et dans l'introduction. *A Paris, pour la Société des bibliophiles françois*, 1873. — 2 vol. in-8, titres gravés et figures, brochés . . . . 24 fr.

RED. :

20

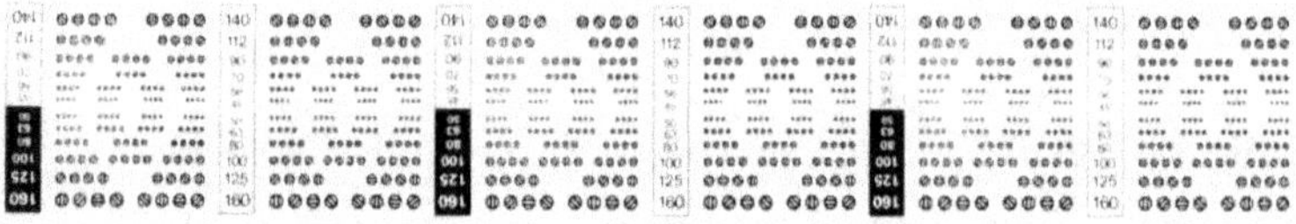

MIRE ISO N° i
NF Z 43-007
AFNOR
Cedex 7 92080 PARIS LA DÉFENSE

graphicom

0 1 2 3 4 5 6 7 8 9 10